沉默的脚印

何蕊 —— 著

作家出版社

图书在版编目（CIP）数据

沉默的脚印 / 何蕊著 . -- 北京：作家出版社，2021.1
ISBN 978 - 7 - 5212 - 1192 - 4

Ⅰ . ①沉⋯　Ⅱ . ①何⋯　Ⅲ . ①诗集 – 中国 – 当代
Ⅳ . ①I227

中国版本图书馆 CIP 数据核字（2020）第 234629 号

沉默的脚印

作　　者：何　蕊
责任编辑：钱　英　杨新月
装帧设计：孙惟静
出版发行：作家出版社有限公司
社　　址：北京农展馆南里 10 号　　邮　　编：100125
电话传真：86 - 10 - 65067186（发行中心及邮购部）
　　　　　 86 - 10 - 65004079（总编室）
E – mail: zuojia@zuojia. net. cn
http: // www. zuojiachubanshe. com
印　　刷：中煤（北京）印务有限公司
成品尺寸：145 × 210
字　　数：118 千
印　　张：7.5
印　　数：001 - 13000
版　　次：2021 年 1 月第 1 版
印　　次：2021 年 1 月第 1 次印刷
ISBN 978 - 7 - 5212 - 1192 - 4
定　　价：48.00 元（精）

他习惯了摸黑

也明白，路边的那堆火

不是为他而燃

他怀揣着指南针

点亮心中的那盏灯

没有迷路

何 苾 |

生于 1957 年 10 月，湖北孝感人，现居成都。
经济学博士。曾在《诗刊》《人民日报》《光
明日报》《中国艺术报》《中国作家》《解放
军文艺》《中华辞赋》《草堂》《星星》《诗
潮》《诗歌月刊》《海燕》《延河》等刊物发
表诗歌作品。出版诗集《无边的苍茫》（花城
出版社 2019 年）。

寻找世界的另一张脸
——序何蕊诗集《沉默的脚印》

吉狄马加

在我看来，何蕊是一位有自己坚持，同时也在不断更新自己的"抒情诗人"。近几年来，他的"抒情方式"从最初的传统范式向"现代"的修正和改变，越来越趋于自由和放松。我这样说，实际上是想强调一个诗人无论诗歌技艺多么高超或繁复，无论有怎样的变化，他诗歌的起点仍然绕不过"情感""经验"以及"生命体验"。从这个意义而言，何蕊是一位真正的诗人。在当下说一个人是一个真正的诗人，这样的评价既是慎重的，同时也是满怀着对诗歌本身的一种敬畏和尊重，因为不是真正的诗人或者说试图把自己打扮成诗人的人实在是太多了。

何蕊的诗歌首先让我读到的就是一个写作者的情感状态和生命态度。任何一位写作者都要在写作过程中不断地面对时间和存在的挑战，这就成就了诗歌中的时间观念和生命状态——

我瞅见了时间的影子
在雷霆的喉结

在闪电的裂缝

在黑夜心跳的那一次

——《时间的影子》

　　这也是诗人在时间的影子和隐秘的雷霆中对"自我"和"命运"的精神探询。时间是抽象的，能够在时间里看见"影子"的具象，这个影子就是诗人自己，也是诗人离开自己对人生的感悟："在雷霆的喉结"，"在闪电的裂缝"，"在黑夜心跳的那一次"。影子在时间里的活灵活现和刻骨铭心，成为生命的刻痕和精神的尺度。显然，何苾是一个在不断自我发问和追问中具有求真精神的写作者。

　　从《无边的苍茫》到《沉默的脚印》，我们越来越清晰地看见何苾写作路径的脉络。可以说，何苾的诗思和触角是敏感的，他总是能够在故乡记忆、日常环境、物象以及行走和观看途中触发个人的感悟甚至想象力，"寻找世界的另一张脸 / 我在大海的咽喉 / 舀一瓢淡水"（《寻找世界的另一张脸》）。甚至，我还看到了在时间的淬炼中一个人仍然试图维持纯粹和幻想的企图，"在梦里 / 黑夜睁开了三只眼睛"（《在梦里》）。所以，何苾是一位时时用"三只眼睛"寻找"阳光""美好"的"抒情诗人"，"于是，我用曙光铸一把钥匙"（《用曙光铸一把钥匙》）。

　　在此基础之上，如果一个诗人的时间观念和生命状态能够与时代、历史甚至人类命运共同体发生深度关联的话，他的创作就成了伟大诗人布罗茨基所说的"诗歌是对人类记忆的表达"。据此，我们可以说，时间是每一个诗人的语言、精神和记忆能力的"原乡"，这是每一个诗人写作的原点和生命胎记，而围绕着这个原点我们看到了几乎无处不在的精神"乡愁"，尤其对于那些现实和精神双重层面的漂泊者和归乡者来说更是如此。

还要予以说明的是，何苾的诗歌并未仅仅局限于"个人经验"，他的诗歌从整体来看还是比较开阔的，在个人与环境、空间、时间以及社会命题之间建立了时时的对话关系，比如《春的影子》这样的诗就体现了在物化的语境下诗人对生命意义的思考，凸显了对人性和物性的精神观照，"曙光吻醉了窗帘 / 枝的嫩芽、花的蓓蕾 / 鸟的跳跃、虫的鸣吟 / 犹如春的礼盒，被阳光一一打开 / 我不用耳朵，不用眼睛 / 用心的瞬间停顿，卸去一夜的梦 / 装载新的一天"。

何苾写于 2020 年的一部分诗作涉及个人经验和对时代命题以及人类整体命运的关注。这让我们思考的是碎片化的时代需要整体性写作和总体性诗人，这样的诗歌和诗人能够在终极意义上让我们思考整个人类的永恒主题。而这正是一位诗人的现实态度转化为语言和修辞的时候所建立起来的诗性关系，这也使得何苾的诗歌并未陷入单纯的"个人"，而是具备了"及物"和"对话"的能力。反之，如果一个诗人只是围绕着碎片化的"个人""自我"和"私人经验"展开写作，而不能"及物"和"对话"，他的精神视域智能就会越来越狭窄。没有现实态度的任何语言和修辞，都可能流于轻浮；不能置之度外的纯粹个人经验，无法抵达精神的仰望。这也是我对当下一些写作者的提醒。

在何苾的写作中，我们能够看到他在这两方面所做出的努力，对现实的态度不拘泥于个人的经验，从"小我"到"大我"的思考和转换，家国情怀的宏阔与幽微，都有较好的拿捏。人生是一本大书，诗人对于人生的书写总是千姿百态，每个诗人笔下都有他自己的"哈姆雷特"。然而，人生这本大书的很多章节，都是过眼云烟，如何取舍也在衡量一个诗人品质的高低。所谓心态，其实就是精神状态："淡然面对真假和虚实／名利得失过眼云烟／不想看就不看／不愿听就不听／把是是非非交给年轮／在摇椅上举起一朵玫瑰／给黄昏一个惊喜"（《别怕老》）。我以为，这样的写作路子是值得肯定的。

> 夕阳遗漏的那道光芒
> 潜入深渊的海底
> ——《时间切割的海岸》

毫无疑问，在时间切割的错落的海岸线上，诗人，正是寻找世界和自我的另一个面孔的特殊族类。

我不想在这里更多地去阐释何苾诗歌的成就，因为对一个诗人的认识更多的还需要读者去完成，接受美学的经验告诉我们，只有真正的读者才可能完成对一个诗人最终的评价，而这种评价往往更接近于这个诗人的文本以及它所呈现出来的最富有魅力的诗歌本身。

是为序。

2020 年 10 月于北京

目 录

❦

第二辑

用脊背呼吸世界

第三辑

夜改变不了颜色

第一辑

所有的欲望轻若鸿毛

我只是我的一半

其实，我只是我的一半
春秋一半的白昼
夏冬一半的黑夜
一半在黎明，一半在黄昏
左肩隆起一座山，右肩流淌一条河

把早晨置在东边，和太阳一起笑
把夜晚搁在西边，牵着月亮走
省一半的心，在梦里操劳

森林是我脊背的追求
江河是我胸膛的远方
雀鸟鸣叫，我的梦伸长一只耳朵
洪流拍岸，我的梦睁开一只眼睛

如果时针一分钟咳嗽三十秒
如果地球引力衰竭一半
如果太阳下没有影子
如果用脚唱歌，用舌头跳舞

我只是我的一半
风吹走的灵魂，在半途倒拐
山腰间，季节打开半扇窗

借来光阴的魔法

光阴没有脉搏
没有四肢
从不衰老

光阴有只眼睛
睁开是白天
闭着就是黑夜

光阴最通人性
你笑它就乐
你哭它就悲伤
谁消磨它
它就蹉跎谁
谁怠慢了它
它就让谁浑浑噩噩
光阴是人心的镜子
依你胸膛的阴晴而施舍
如果你心中有个太阳
它就给你一个艳阳天

倘若你心中漆黑一团
它就给你一片阴霾

我想借来光阴的魔法
用雷霆炸开宇宙的禁地
把闪电接在地平线上
煮熟大海
烧红天空

世界睁大了眼睛

天空戴上了口罩
大地屏住了呼吸
飞鸟不停地鸣叫，驱赶空气的侵袭

莫用时间和距离丈量亲情友情
隔离自己，是对他人最好的亲近
心底的爱永远不会隔断

用阳光酿一壶酒，点燃白昼
用月色沏一壶茶，清醒黑夜
世界睁大了眼睛

平凡的

初春早醒，我汇集一夜的梦
剔除那长着毛刺的呓语
黄鹤楼的诗句飞出了口罩

如果蜗居孵出了翅膀，只要天空在
鲲鹏就会腾跃，雄鹰就会俯冲
跌落的光阴，也能成为金子

穿过寓言的廊道，我回头一望
那些难以想象的，在最危险的时候从平凡中诞生
最深的山谷，最接近天空

心思挤出了水

夜风吹干了灯影
吹皱了河边的月
我挂在亭楼的念想
也在风中飘摇
那一片凝眸的眼神
已随风而去

我的思绪浮在星空
寻找着支点
只要星星让我落脚
我就让它长出思想
长出爱
也长出痛和眼泪

我总想和星星对话
寻问流星的下落
在那闪亮的速度里
涂上我的肤色

我习惯了夜
熟悉夜的语言
喜欢那句子中的漆黑
和那漆黑里的寂静与孤单
我只想为三更画上顿号
为鸡鸣感叹

我躺在敏锐的晨曦里
心思挤出了水
补充田野的晨露

春的影子

春，已经跋涉了一阵子
而我只看见它一截影子
影子张开嘴巴，没吐出半句话
影子流露微笑，掩不住满脸的惆怅
影子似乎掉进了世界的深壑
那摇动的手势，不是挣扎，也不是求救

曙光吻醉了窗帘
枝的嫩芽、花的蓓蕾
鸟的跳跃、虫的鸣吟
犹如春的礼盒，被阳光一一打开
我不用耳朵，不用眼睛
用心的瞬间停顿，卸去一夜的梦
装载新的一天

每天的光阴都在谱曲
一声声低缓，一阵阵高亢，一次次跃动
正穿过所有黑色的墙壁
此刻倘若听见了风的敲门
那就是春，婀娜而至

不知道

宇宙有没有病痛？
看不看医生？
每天有多少星球问世？
谁为它们接生？
又有多少星球死亡？
开不开追悼会？
写不写墓志铭？

太阳眨不眨眼睛？
月亮化不化妆？
星星抢不抢镜头？
云为什么不留脚印？
雷为什么容易发怒？
闪电为什么喜欢黑夜？

外星人建不建联合国？
戴不戴口罩？喊不喊口号？
拜不拜神仙？请不请家教？
他们是否也有阳春白雪？

也有二十四小时？

他们是否也有梦？也有呓语？

他们是否也吃安眠药？

也患抑郁症？

宇宙以外有没有蟑螂、蝙蝠、苍蝇？

有没有牛鼻环、马鞍子？

有没有挖掘机、操盘手？

有没有足球、火锅？

有没有演讲、狩猎和爱情？

我不知道，我想知道。

睁开眼睛，用光明思索。

伸出舌头，用光明品鉴。

大门口的十四行诗

往昔的喧嚷在露珠里沉默

一缕春风，揉碎墙角的虫吟

涂抹在寂静的裂缝

屋檐下，燕子不时地四处张望

审视着春天行走的方向

庭前的二月兰，簇拥着抑郁的春日

轻轻地舔吻，莞尔一笑

似乎品出了紫外线的咸淡

裸露的院墙，扯下一片树荫

清扫鸟语飘落的碎末

此时，裹着音乐的那双脚把眼睛送出大门

在太阳下山前，用眸光筛选云朵

听得见的化为雨点

听不见的变成彩虹

于是乎

伫立在春的走廊

不等待熟悉的那个影子

不萌动曾经的那次心跳

只为触摸树枝的脉动，倾听花朵的喧嚣

哪怕廊道晕厥、栏杆倾斜

哪怕灯光闭上眼睛

那个负重的脊背依然与天地垂直

如果只能看见一片叶子

如果只能嗅到一枝花香

索性就把这点结石般的心思

连同那个钙化了的念想

投进熊熊烈火，熔化在尖叫的末端

焊接天空的那道裂缝

于是乎，借来射电望远镜

看看哪个星球上也跑着雄鸡

用荒诞不羁的眸子破译天体密码，试问

如果季节患上抑郁症

如果白昼被虫蛀了

寂静的目底

蛙鸣声声，敲击着夜幕
碎裂的月光荡起一片涟漪
我关上窗户，禁闭一切思绪
终于，我那埋伏的脉动
第一次掂量出呼吸的重量
第一次触摸到心灵的天花板
第一次知道了骨头与眼泪的距离
第一次看清了颜面背后的敲门砖
于是，我跨过生活和生命间的屏障
调整舌头与大脑的感知
点燃一堆往事，燃烧未来
让灰烬拓下他人的脚印
是的，当目底风平浪息
所有欲望都轻如鸿毛

寂静的重量

寂静很轻
眸光就能把它举起

寂静很重
搁在心上，能压弯腰

今晚寂静敲击着寂静
把三更凿了个窟窿

夜在厉兵秣马
围剿那群失眠的鸟

我听见寂静敲击着寂静
捣碎的沉默，堵塞了时间

分和秒艰难地爬行
光阴凝固一堆生锈的冰凌

心，静止地跳动

梦，静止地狂奔

夜幕如墙，一块块崩裂
星星和月亮失重，等于零

二月，欠我一脸阳光

二月，阳光给了河流、山脉
给了草甸、森林
给了沙子、贝壳、礁石
给了瓦砾、墓碑、亭台
给了松鼠、野兔、大熊猫
给了天空的鹰、树上的啄木鸟
给了湖边的鹭鸶、水中的鸳鸯
给了梅花、茶花和海棠
给了门庭、廊道和石桥
给了闲置的塔吊和沉睡的钢材
给了街边遗失的硬币和散落的尘埃
而我，让眸光加入雨燕的飞翔

的确，我需要二月的阳光
须走到太阳底下
晒一晒心中的那块潮湿
即使是一团树荫走到窗口
我也把它拽住，掰开一片叶子
把那漏出的一缕阳光拥抱

二月欠我的阳光，还给我

苏醒的春日

掸掉岁月肩上的灰尘
拉紧日子的弓箭
把绿色的心愿射向天空
箭头落在自己的脚尖

我想按下光阴的暂停键
放大时间的钟盘
拈出那些生虫的分秒
喂给鹦鹉
换来溢美之词
送给苏醒的春日

春天加快脚步
与我擦肩。溅洒的芬芳
穿过黄昏的走廊
迷醉的夜
鸟语踉踉跄跄
月亮羞涩

仰望星空
总想摘下星星
却不知哪一颗有祖先的文字
也许划亮夜空的那颗
脊背上有圣贤的古训

于是，我用网络语言
叫醒沉睡的警句
录制一夜蛙声
寄往世界的对面

我和祖国

我的心大
装下九百六十万平方公里
只留一个空隙
插一面五星红旗

我的眼高
看小了月亮
看稀了星星
而在祖国面前
我永远是一个孩子

我的手长
左手拽住长江
右手拽住黄河
胸前打一个中国结

群山之上

行走大山之脊
我就是蓝天上
飘逸的云朵
阳光过滤万物
渺小的我，被风吹散
被风造型

既无此山望着彼山高的虚妄
也无一览众山小的气概
朝霞和暮云都是过客
拨动我心跳的
是峰峦起伏的呼吸
醉迷松林的轻吟、杜鹃的腼腆
醉迷鹰隼的飞翔、羚羊的奔跑
那远山的积雪冰川
越来越近
一个圣洁的世界
揽入怀中

群山之上
天空是我的海洋
清澈的涟漪
犹如无声的告白
脚下垫高的海拔
看见波澜壮阔

弦　丝

青蛙拨弄弦丝
无眠的树翻动叶子
夜，踩空了舞步

淡云趴在星空
舔着烦闷的夏月
音乐的世界漫天飞雪
梦的冰在发烧，敲响
三更的大门

雄鸡吹响小号
清扫漆黑的呓语
诗用古老的钥匙
攀登蓝色的旋律

他在数轴的正方向

他在数轴的正方向
虽是小数点后面的那一位
但大于五

他率真，犹如一条直线
时而与地平线垂直
时而与地平线平行
纵横交错，编织着春夏秋冬
他喜欢屋檐下燕子的鸣音
喜欢草丛中萤火虫的灯语
喜欢沙滩上大雁的敛翅
喜欢冰雪里蜡梅的含苞

他曾想在夜里私会朝霞
在白天偷渡银河
也曾想让倒影浮出水面
让秋风露出马脚
还曾想抓一把春光，作为酵母
发酵隆冬

而在那个高秋的那个午后
他被一壶老酒灌醉
与信鸽唠嗑，让斑鸠当了信使
于是，他跌跌撞撞
误入一片荒野
成了寂静的俘虏

他习惯了摸黑
也明白，路边的那堆火
不是为他而燃
他怀揣着指南针
点亮心中的那盏灯
没有迷路

在梦里

在梦里
我听见礁石和浪花的对话
知道了沉舟的秘密
我看见一只鸥鸟钻进海里
变成美人鱼
天边的那个洞口一群波涛忙个不停
为晚霞纹身

在梦里
黑夜睁开了三只眼睛
循着沙漠上的一串蹄印
找到了丢失的驼铃
我把夜云搓成一根绳子
系住下滑的那颗星星
穿过夜幕
我绕到时间的背面
雨天，阳光碰破了我的头
晴日，我被雨淋成落汤鸡

在梦里

衣服的第一颗纽扣脱落

掉进了山壑

我索性扯掉剩下的扣子

在胸腔种一片橄榄树

顺着一条绿廊

我走近一面铜墙

镜中的我，嘲讽着自己

扒下脸上的一堆苦笑

投进燃烧着的语言

溅出来的文字

烫醒了我

日　子

季节的篱笆，关不住的风云
世界的行走，昼夜兼程，更替着昼夜

人生旅途的分分秒秒不再重生
时间的声音，醒着的人才能敲响
光阴如梭，抑或如隔三秋
驯服了时间，日子就归顺了你

时间有时飘浮天空，有时散落大地
时间在每个人的掌心，又会从指缝间溜走
抓得住的分秒，才是你的日子

日子比如泥沙，聚拢能留脚印
日子比如手指，攥紧就是拳头
日子比如荆棘，点燃才成熊熊烈火

日子不眠，拥抱站立的人
即使你躺下，也要让灵魂站立

诗里淘金

我只想独自穿过时间走廊
即使成一条孤影
也砌一堵寥落的断垣
如果必须跨过闹市
纵然碰撞千万张面孔
我只拓下那串沉默的脚印
镶上一句手语
不过，喧嚣对于我
犹如群鹭戏水的湖面
未来的日子，我在诗里淘金
微笑的笔尖吻干梦的长河

找到自己

不一定步他人后尘
也许一场风雨，他的脚印
成为你腿上的泥泞

别以为挺直腰杆就是气节
冰天雪地，你依然昂首行走
或许会摔成骨折

莫为月亮的圆缺而伤感
人生的灿烂往往与阴晴相反
倘若有泪，就洒给江河

不要一味地攀爬
即便你站到了峰顶
山下的人也会把你看小

别总想把光环给自己戴上
纵然你生前鲜花簇拥
也难免身后杂草丛生

用清澈的眼睛擦亮阴天
用炙热的心烘烤雨季
时空之外，自己就是自己

时间的影子

我瞅见了时间的影子
在雷霆的喉结
在闪电的裂缝
在黑夜心跳的那一次
那一次跳动的节奏
那个节奏两侧的音乐
睁大高度近视的眼睛

我瞅见了时间的影子
在时空隧道的拐弯处
马鞍、猎枪、牛仔帽
牛鞅、耕犁、蓑衣
长衫、课桌、书籍
太阳伞、池塘、拥抱和吻

当我掀开时间的影子
屠宰场，赛马场，斗牛场
球场，赌场，战场
或是广场上叫卖的小贩

或是街面上席地而坐的乞丐
或是墙脚下一群衣衫褴褛的孩子

时间的影子飘忽不定
骑在世界的头上
踩着世界的脚
钻进世界的腹腔
一群蚂蚁爬到世界后背
给另一个世界一个支点

旧 事

旧事在飞
像蜜蜂，钻进荒坡野菊的花瓣
像蜻蜓，骑上岸边飘舞的杨柳枝
像雪花，趴在老屋子的瓦沟里

把旧事塞进记忆的葫芦，用酒浸泡
醉了的舌头，醉了的眼球，醉了的心
把旧事放入记忆的醋罐，慢火煨汤
酸了的鼻息，酸了的胃觉，酸了的人生

旧事穿上新衣，戴上新帽
穿着两只不同尺码的鞋
给旧事注射兴奋剂
让它闯进奥运会，踢一个乌龙球

倘若帮旧事撰写一篇演讲稿
不打标点符号，不提行
搭一个旋转舞台
喜鹊当主持，乌鸦当听众

诗的影子

找到心的一扇窗
带着难忘的旧事，飞出
一垛徐缓的云
载着我嚼碎的那个心思
撩开的眼帘
天边的一道虹

岁月缝合季节的间隙
一缕秋风，打磨黑夜的毛刺
往日的那阵疼痛
被记忆孵成了羽毛
而我不再展翅
把翅膀嫁给文字

岁月峥嵘，垒高语言的墙
诗的脊背
扛着白昼和黑夜
光阴揉碎的我
残存一个弹性的梦

我挤压着自己
榨出一滴滴墨汁
泼洒天空，成了云彩
泼洒大地，成了河

扯下一片云彩做船帆
帆影在长河的远方
手的呼喊，弹在我的影子上
绽开一首诗

诗也有影子，不在地面

乞讨文字

脱掉时间的衣裳
裸露我的童年
陀螺、铁环、纸鹤
跳绳，捉迷藏
天空还是原来的太阳
多了个稚嫩的影子

曾经年少的我
总想扼住雷的喉咙
捂住闪电的眼睛
用一根火柴
点燃沸腾的云彩
驱赶雨雪风霜

而今我只恋晚霞
用我的母语写诗
哪怕一贫如洗
也不守护我的笔墨纸砚
如果沦为乞丐
只乞讨文字

走过，见过

我走过太阳底下的沙漠
见过不曾干涸的泉水
走过暴风雨中的泥泞
见过夕阳举起的三条彩虹
此后，我习惯牵着黄昏的衣角
潜入朦胧的月色
搂住一个个多梦的黑夜
当红日出山的那一瞬
我拓下东方的腼腆
在心底扎一朵笑呵呵的花

我走过陡峭的峰壁
感受过云朵的心跳
走过幽深的峡谷
以俯瞰的姿势，审视过一片星空
我仿佛看见
时间筑起的那道门槛
绊倒了臃肿的光阴
一片片淤青

点缀苍白的世界
而我如同一粒尘埃
在马蹄上喧嚣

我走过白雪皑皑的高原
在那圣洁殿堂的一个角落
看见了烛光里的蝴蝶结
那份早已沉淀的衷情
从眼眶里涌出
像一缕青烟
消逝在一片咒语
于是，我常常茕茕孑立
在寂寥的旷野踽踽独行
身后的脚步，咚咚作响
鼓动着我的生命

告 别

就这样，我告别了
焦虑不安的春天
焦躁的心点燃焦躁的日子
烧到夏天的门前
变形的时间和变性的空间
让世界憔悴了许多
风憔悴
雨憔悴
青蛙的鸣音也憔悴
机场憔悴
车站憔悴
轮船的汽笛也憔悴
鹭鸶憔悴的脖子
灯柱憔悴的影子
垂柳憔悴的枝条
河流憔悴的涟漪
憔悴的时光，时光的憔悴
打湿了光芒
而我眼中的那根桅杆

依旧踏着波涛
在夕阳的余晖里
拉长帆影
一朵调皮的浪花
穿过黑夜的裂缝
吻醒了夏日

一首带疤的诗

夜蹿出黄昏，潜入府河

我的思绪犹如灯光下的涟漪

荡涤着白昼的混沌

胸腔里一堆黑色的沉渣

被心灵的风暴搅动

泛起一行行过时的句子

我捞起皱皱巴巴的词

用语言的熨斗烫平

一首带疤的诗

找不到吟诵的台阶

于是，对于城市的呼吸

对于街道的爬行

对于红绿灯的交替

对于纪念碑的沉寂

对于 KTV 的喧嚣

对于餐馆的行酒令

对于街坊的犬吠

对于公园的鸟鸣

每个字都会过敏

或许天空患上了荨麻疹
或许月亮浑身瘙痒
或许星星的头皮发麻
或许宇宙需要一粒安定片
所以，我给心思拔罐
排出梦呓

生 日

能赶走树上的鸟鸣
却撵不走耳鸣
我要调转头
头却调转了我

我闭上眼睛往里看
绿色的心不挂一丝
匀速的节拍，跳着
自编的舞蹈
没有序幕、台词，没有音乐
我看见我与心的垂直
不是镜中的那个我

我歌唱，不需要喉咙
海的潮汐，山的起伏
鸣吟的海燕，俯冲的鹰
天空的缄默是节省的孤独
一抹夕阳，一个清凉的曲子

晚霞编织的风帆
在诗的长河里漂泊
一江秋水，满目秋波
我不是过客，也不抛锚，漩涡
走在星星的前头
脱掉了月光

午夜的梦也寂静
我在漆黑里看见我的影子
在一团冰中燃烧

灵魂飞向天空，撞着了一垛云
掉在生我的那个地方
我须重新学爬

又长了一岁
不是三百六十五天

我 想

做一杆秤
称一称弯弯的月亮
做一支温度计
塞进旭日的腋下
抽出彩虹的丝
织一张网，用星星打结

让云彩列队
用雷霆点出它们的姓名
打包雨点，运往另一个宇宙
分送那些干渴的眼泪

吞下所有风暴
在黄昏门口建造发电站
向夜空输送光明
让人不再水中捞月
流星没有伤痕

无 题

飞出心底的那句话
凝结在瓦屋檐口
晶莹的冰柱，跟太阳诉说

我在冷冻的世界
种下一粒受孕的文字
雪花的宠幸，语言转了基因

季节锁住的冬末
我捡起生锈的时间
铸一把会哼小调的钥匙

捡起白昼又放不下黑夜

音乐套上了鼻环

高山不流水

一篓阳光，和冬雪卿卿我我

零下的孤独，凿开冷凝的河床

烫一壶老酒

透析垂危的光阴

季节的禁区，脚印零零落落

呻吟爬过狂飙的声带

摇醒晕厥的礁石

海天的缝隙，一股惆怅漫过月牙

卷起海燕的鸣声

帆影远去

漂泊的云海，一望无际

时间徘徊在地平线上

捡起白昼又放不下黑夜

或许，世界的背面没有流星

梦躺在诗里，分娩光明

那是一粒梦

跋涉季节的沙漠
找到一片森林
溪流、鸣叫和飞叶
组成一支交响乐团，演奏
雪地的舞蹈
我在枝丫上安眠
梦长出来嫩芽

踩空了云朵
我掉进猴群，成了猴子
于是，我拽住风的尾巴
飘落到一个无人岛
对视缄默的礁石，听波涛惨笑
那漂泊的夜空
仅睁开一只眼睛
一颗星星扔下了半个面包

我挣扎在文字的包裹
被运往无名角落

路途的颠簸和摔打
碎成了一筐笔画
我唤醒灵魂，重新组合
不止是文字

等待冬季最大的那场雪

冬日的河流
似乎患上了流感
连咳嗽也发不出响声
涟漪荡起的光波，犹如一阵阵冷笑
僵硬的堤岸，零星的鹭鸶

银杏叶黄了
流淌一个金色的世界
满地的金黄拽住一件件婚纱
寻问樱桃树下的旧事
镀了金的人
镀了金的谎言
我许一个愿，在麻雀的叫声里
等待冬季最大的那场雪

其实，我需要一团火
让思想长出的骨头
在燃烧中诞生一粒舍利
倘若那骨头过于脆性

化成了一堆灰烬
我便将它作为一味佐料
和着一块坚冰，熬一锅迷魂汤

第二辑

用脊背呼吸世界

用曙光铸一把钥匙

我看到了黑夜的眼睛
那眼角上滑落的一颗晶莹
顺着黑色姿势
打开夜空最后一根门闩
我把仅剩的一粒心思
嵌入下沉的晨月

晨曦铺满的堤岸
黄叶，枯草，蜡梅和山茶花
总是在这样的季节，寂静的心
过滤这混沌的世界
曾经奔波，那喧腾留下的脚印
增生岁月，又被岁月封尘
我的脉动穿过被冷凝的鸣叫
掀起一片朝霞

于是，我用曙光铸一把钥匙

灵魂和影子

灵魂抓住一束阳光
影子爬行大地

所有人生的尺码
只是沧海里的一朵浪花

青春都是发酵的面团
天堂门前有一口油锅等候

已经老花的灯塔
看得见满世界的渔网

把时间酿成酒
让所有的季节酩酊大醉

雪域高原

雪域高原
她的心离太阳最近

披着冰川，赶着白云
托起红日，放下晚霞

紫外线绣出的高原红
绽放在姑娘脸庞

马蹄叩开春的大门
拽下一群星星

长鞭放歌，群峰舞蹈
雄鹰在蓝天打着节拍

喊一声太阳，云彩不敢哭
叫一声月亮，夜风就趴下

格桑花里有一把爱情的钥匙

雪莲的心微笑在攀登者的指尖

青稞酒里藏着豪言壮语
流淌给醉了的男儿

哈达荡漾着金子般的心
即使在黑夜，也连着白昼

经幡，白塔，寺庙
一颗善心，穿梭在今世和来世间

圣洁的雪山
燃烧着，像一朵火焰

蜡 梅

你那蜜色姿容
凝滞了隆冬的眼珠
虽是淡雅，却又俏立一副傲骨
你扛起一片寒天

你高洁的气息
穿过冰柱的喧响，漫天流淌
你那纯美的笑脸，似火
沸腾了冷峭的苍茫

你吻别春风，零落自己
或是逐浪，或是作尘
你借来燕子衔泥
给春天做个窝

蒙顶山的早晨

晨曦跋涉一夜
做客蒙顶山
旭日烧开了云朵
泡一园甘露
好一派色香味形

斟上一杯早茶
山野流香天空醉
曙光里的那棵老茶树
用朝阳杀青
足以泡天下

没有痕迹的行走

古老的黄昏
孵出新嫩的月牙
擦亮古老的黑夜

沉淀夜空的星光
耗尽灿烂
把黎明送过山脊

太阳抹一片朝霞
爱的希冀从海天发芽
需要一双手

握住星星的爱
握住月亮的爱
握住朝霞的爱

太阳的爱有影子
影子只吻大地

天空送来的一片朝霞
蕴藏着一场雨
大树底下有雷霆

一个蠕动的灵魂
从闪电中分裂
一半送风，一半送雨

风的飘摇，雨的潇潇
走着自己的路

没有痕迹的行走
很轻，很远

景　象

走出荒漠
抖落一身沙粒
脚印静躺在虫鸣中

亲近河流
搓揉夏日的阳光
眼前升起一张雾帆

心若碧潭飘雪
太阳爬上的山顶
石头在燃烧

孤 烟

一朵浪花跃上岸
一块焦灼的石头
润了，空气开始荡漾
梦的帆影

总想握住飘落的叶子
用故乡的土置一座盆景
有古井的味道

雁阵鸣叫的声音
是我童年的口哨，穿过
老屋的门槛
滴落的是乡音
诗长出翅膀
在乡野之外的江海
孤烟冉冉升起

叶子趴在鸟巢上

梦长出一棵树
呓语挂满枝丫
挤落了叶子

叶子趴在鸟巢上
是一张护身符
霜雪不再敲门

流星切割夜空
光末受孕一片月色
孵出长着虎眼的小鸟

鸟儿忘了飞翔密码
只会发出马一样的嘶鸣
仿佛唤着春的草原

翅膀在狂飙中变异
接受大海的姓氏
蜕变成海豚的胸鳍

阳光涌入滩涂
捕捉脚印的秘闻
沙粒在涛声中发芽

海涛伸出拳头

把忧思挂上月牙
让黑色封闭夜的出口
孵出一轮圆月
我蹲在寂静的窗前
拾起流星洒落的梦

梦在奔跑
没有留下一丝踪迹
而我的脚印已经变异
不在泥泞中四溅
犹如田间牛的蹄印

鸟儿啄碎了蹄印
仿佛是在垦荒
似乎要种植一片森林
建一个窝巢
那里只有鸟语花香

我听懂了鸟语

嗅到了花香的人性
而那兽族在吼叫
天空在奔跑
猎人瞪大了眼睛

眼睛里有一堆昆虫
正用翅膀拍打着空气
一阵风在远方发芽
成长为狂飙
海涛伸出了拳头

在路上

雪山行走
紫外线掏空了天空
掏空了我

我敷贴着一朵云
春的窗口
失落一双踏青的鞋

风节制着脚步
红柳枝腼腆一笑
向我问路

沼泽地一片谎言
草原浮肿
三岔路口一块指示牌

太阳晒晕了我的影子
鸟从影子里啄食
我的脚印在渗血

踏着鸟的语言
山头在滑翔
带走一片雾霭

河滩袒露
灵魂撒一把盐
腌制光阴的翅膀

心思躺卧残破的驿站
失眠的马厩
一腔血长嘶夜空

调整行走姿势
是与非相互靠近
穿过一声口哨

梦把我带进沧海
只拾那一粟
漂泊的心爬上了岸

路在心外延伸
心改变了尺寸
我只找回心的颜色

高 原

紫外线铺满的雪山
留着永久的白洁
它仰面天空
用零下的语言
封冻远古的梦

高原的红
最懂格桑花的浪漫
青稞酒点燃的海拔
燃烧着云
那铁色马蹄
敲响沉默的旷野
用血的旋律拨动苍茫

高原的风
撩动星星的衣袖
擦干月亮的泪
在朝圣路上
那山腰的松和草原的绿

倾情脚印的喘息
丹顶鹤的羽毛
散落沼泽
是诗，不是远方

雪域在孤寂中思索
用彩虹呼吸
那飘移的白云
像一块块遮羞布
苍天的眼睛
容得下沙子

赶 路

山路爬满音符
马蹄急促弹奏
一朵花溅出了泪

曲子从坡面滑落
在潮湿里抽搐

蚂蚁蛀空的栈桥
摔碎了云朵

一块无字的墓碑
无声狂笑
噎着了喉咙

墓地行走
一串孤单的脚印
找不到谜底

灰色路口

眸子暗淡的光
投向哨所的空壁

谎言伪装成树
从溪泉穿过
灵魂患上了眼疾

叶子忘了季节
在春天着地

夕阳里的飞雁
修剪着晚霞

黄昏赶路
夜放弃黑色
把手递给黎明

海的拾趣

船舶在光阴的缝隙里
拥抱码头
海鸥叼走春天的许诺
抖落风暴的谎言
狰狞的云
犹如灰暗的枯叶
企图扼住海的喉咙

桅杆屏住呼吸
穿过海燕的吟唱
帆影合着波澜的节拍
在苦涩里弹奏爱的歌

透过云的裂缝
夕阳遗漏的那道光芒
在远征的航线上
潜入海底
灯塔举起了月亮

夜匍匐海面
涛的鼾声
重复港湾的徘徊
变换成一朵朵浪花
浮标昂起头颅
礁石沉默
时间的茎在星光里延伸
穿透夜幕

海点燃蓝色的血
燃烧着地平线
不见灰烬

夜 空

太阳也有睡眠
在无人知晓的夜的后背就寝
拂晓在天边安了个闹钟
总让黎明叫醒太阳

夜空是不是也有边界
每颗星星的哨所
也有肉眼看不见的掠夺
我在守护夜空的安宁
月亮圆了又缺，缺了又圆

我有一粒心思
在季节的连接线上起飞
飞向夜空最边远的那个角落
太阳失语，我看见
宇宙蓬勃的心脏

我既不愿惊扰夜空
也不想轻手轻脚

在夜空最灿烂的那一瞬
用我的明眸，拓下流星的脚印
做一副标本

密布的心思

常常用眼睛摄像
兔子和乌龟的赛跑
也习惯用肝胆过滤所闻
不在是非中印证自己

我不曾仰天长啸
也不曾轻弹琵琶
即使遭遇了窘迫
也不捂脸而离
即使被悬空
脚上也粘连泥土

如果搅扰天空
我只搜索蒸发的心思
在太阳正午的时候
抓一把阳光
拧了又拧
滴落的不止是水

我想成为一棵树
不在秋天掉下叶子
不在春天发出嫩芽
和大地相约，以不同的芬芳
开相同的花

凋谢是我的使命
当蜜蜂爬满了我的额头
那就是我密布的心思

别了荒漠

别了荒漠，抖落
一身沙粒，脚印
静躺在虫鸣中

河流潺潺
搓揉夏日的阳光
我的眸子飘起一张雾帆

宁静的心，犹如一潭清水
太阳出来的那个山顶
燃烧的骨头，独立的眼睛

亚 丁

紫外线铺满的亚丁
我的跋涉连接太阳的火焰
燃烧成飞翔

经幡微笑
白塔远眺
龙达舞蹈
那煨桑的青烟
举起圣地的天梯
三怙主沸腾了阳光
雪山的泪
不止是流淌悲欢

天空赶着云朵的羊群
静卧的海子
犹如一片碧叶
永不远行的春天
湿地、草甸
彩林、溪流

都是语言
都是诗

冰川空灵
承载着千古
曙光和暮色
沉淀多少人间离合
香巴拉，你的
每片草叶都快意恩仇
每朵雪莲都可以汪洋

我与你的重逢
不再忧伤时光的流逝
把这带不走的湛蓝
梦不完的奇幻
碧潭、红叶
倒影、霞光
还有那寨子和牧场
都嵌入我的眸子
无论告别有多么漫长

亚丁，你不只是

蓝色星球最后的一片净土
你拥有了全世界，而我
只想拥有你

寻找世界的另一张脸

寻找世界的另一张脸
我在大海的咽喉
舀一瓢淡水

鼻息过滤的缄默，仿佛是
一片浪花卷起的羞涩
啜饮我的面颊

在漆黑的街角
我窥探星空以外的魅影
觅寻宇宙的壳子

漫空的闲云
嫁接行走的树
我尾随叶子飘摇

头顶的那股风
抹去雁群的踪迹
季节打着喷嚏

一片寂静的月色
一片喘息的海
我半睡半醒

压低的眸子
犹如一叶扁舟
摇荡着沙滩

晕了的夜
披头散发

于是，梦握住梳子
梳落的呓语
都是诗

海的俳句

初一不见月
多少星星的眼睛
望穿了海底

透明的贝壳
把思念藏进潮汐
浪花几多泪

十七级台风
扫不尽海市蜃楼
光芒有归期

燃烧的波澜
搅拌着漆黑的夜
荡出来黎明

总在最低处
把天空揽进怀里
给世界换气

问星空

天上星星有多少
有没有闭着眼睛的

星星会不会烦躁
它的坚守是否只在夜晚

星星有几片肺叶
雾霾时戴不戴口罩

云捂住星星的眼睛
雨是谁的泪

流星燃烧能否留痕
陨石怎样去找回家的路

群星璀璨
咋不见一对情侣

假如星星有梦

那梦里是否有一道阳光

众星捧月
为何月食时却无动于衷

月亮走进池塘
有几颗星星跟进

倘若星星在说谎
夜幕是否能改变黑色

爱的秘籍

不曾挽着你走进晨曦
总想采撷所有朝霞
为你扎一束玫瑰
无论太阳怎样转动
你的影子都会映在我胸膛

和你漫步月下
总想摘取最亮的那颗星
为你制作一枚钻戒
即使我浪迹天涯
心跳也在你的指尖上

当我进入梦乡
总是重复你的名字
你的名字布满了星空
如果哪一夜我辗转反侧
一定是相思长出了翅膀

人生总有许多遗忘

而你是我永远的脉动
左右我的呼吸
纵然哪天我失去记忆
也能找到你眼睛里的温情

姑娘，你走好

——悼念黄文秀

1989 年 4 月 18 日
姑娘，大山有了你
从此你有了大山

你在大山里走着
带着自己的梦想走着
走出了大山
走进了北京

你在北京走着
守望自己的初心走着
走出了北京
走回了大山

你走着，走在群众期盼的心上
合着百姓的脉动
你把花季给了大山
绽放百坭

你走着，走在脱贫攻坚的路上
田间地头的汗珠
绘出一张"民情地图"
你是百姓的女儿
百姓疼你

你走着，重复着梦的脚印
走着"心中的长征"
走瘦了自己
走富了群众

踏着乡村振兴的鼓点
留下"最美奋斗者"的足迹
把一座"时代楷模"的丰碑
树在百姓的心中

2019 年 6 月 17 日
姑娘，你匆匆走着
惦记村里的灾情
在黑夜里，在暴风雨中，你
匆匆走着
匆匆走了

你走了，天哭了
大山哭了，百坭哭了
风擦干了大山的泪
擦不干百姓的泪

你走了，带着驻村第一书记的责任
带着美好的愿望，姑娘
你带着人生的一份遗憾走了

你走了，没吱一声就走了
只留下莞尔的一笑
你笑是朵花，不笑是花朵
往日，百姓看见了你就笑
今天，百姓看着你的笑便哭

似一棵树常青大山之巅
像一滴露融入大海之波
你用平凡的人生抒写伟大的力量

姑娘，你走了
大山呼唤着你的名字
你的名字在天空久久回荡

姑娘，你走了
你走了，你走了，姑娘
你走好

用脊背呼吸世界

太阳给天空颜色
给鸟儿语言。云如轻纱
从山头飘过
给我思想的翅膀

曾经的渴慕，一盏萤火
在梦的美睫挂上弯月，寻找
属于我的安宁
就像今天
月光铺满了田野

宇宙越来越空阔
没有多余的风多余的雨
我用脊背呼吸世界
阳光揽在怀里

杂 记

颠倒众生
最终颠倒自己

可为春天而悦
莫为秋天而愁

时间是人生的长度
丢一秒就短一截

沉默是金
一味地沉默分文不值

当河水漫过堤岸
不在河边的人也会湿脚

世上没有后悔药
人生没有避风港

挑三拣四的人

到头来两手皆空

惯于鼓吹的人
不吹冲锋号，只打退堂鼓

有的人身体虚弱，却能举起石磙
有的人五大三粗，却被一根稻草压弯了腰

睁着眼睛说瞎话的人
心里一团漆黑

是非面前装聋作哑
无异于出卖灵魂

总是重温一个梦
那个梦就会成为墓地

对号入座

一条河槽
被夏季灌满，被冬季抽干
弯曲的脊背匍匐大地，朝向大海

一团尘土
跟大风腾空，跟雨点成泥
做成砖瓦，能遮风挡雨

一只风筝
被人牵着，靠人拉
接近云朵，就能接近太阳
断了线，无家可归

一双眼睛
闭着做梦，睁开看路
倘若睁一只，闭一只
既没有梦，路也走不稳

脱皮的日子

脱皮的日子，拽住了云
腰弯的白昼
寒月摔碎在河流，一声不响
臃肿的夜拄着岸边的灯柱，步履蹒跚
我搀扶着背驼的夜
听星星的故事

音乐折断了翅膀
掉进一条冷寂的巷子
沉默的窗口，缝隙为秋风藏匿
不远处，我看见冬的窃笑

光阴钝化
蜗牛从起跑线上冲刺，霜在读秒
秋的指头夹着一支香烟
点燃冬的鼻孔，我呼吸
天空的咳嗽

非 常

用时间搅拌空间
砌一堵看不见的墙
漫不过阳光
透不过风

用时间撞击空间
把天空戳个洞
漏下来的不是雪
也不是雨

用时间缠绕空间
扎一个绣球
不抛给星星、月亮
留给自己

用时间发酵空间
酿一壶老酒
一杯醉人
再一杯醉心

人生有雾

天空挂着巨大的摄像头
不关注人的容貌
不记录身高和胖瘦
不摄入肤色

命运是一条曲线
在自己的掌心滑动
粗粗细细
弯弯直直
不同的人描绘不同的线条

人生躲不过拐点
别在间断处战栗
拐点上爬满了细菌
间断处挺立一个雷霆
垃圾捂不住霉烂的漫延
也许闪电能找回断线的风筝

人生有雾

魂魄在驾驭

干净的心不会坠落

事 故

音乐里阳光四射
雪花鼓起倒掌
一片叶跌落

碎了的霜逃到了夏天

云彩掉进大海
拽住地平线
拉断了时间的缰绳

浪花赶路
海鸥把尖叫撒向碧空
被涛声击落

山路哼着小调
飞鹰叼走了音符

溪泉苍白地哼唧
山体吼叫

切断了河流

梵呗扭曲朝圣的路
跪拜走进了深渊

一只鞋失落窨井
脚与路面争执

春江月明
一池咳嗽的蛙

残月仿佛在疗伤

寒冬的夜
犹如脆性的囊袋
包裹着城市
环城河拖着疲惫身子
喘息着匍匐
两只干涩的车灯
闯入寂凉的三更
像醉汉在街道上舞剑
戳穿了玻璃
楼房的窗户一声咳嗽
吐出僵硬的灯光
鸟的一阵哀鸣
叫停了悲辛的梦
黑色在树枝上生锈
繁殖斑驳
残月躲进云彩
仿佛在疗伤

说谎的句子

人在读书
书在读人
文字全副武装
向眼珠挺进
黑体字放大了瞳孔
赤裸裸的炫耀
说谎的句子飞出窗口
寻找繁衍空间
巨幅标语拽着空中气球
摇摆着，不肯落地
时间开始热处理
一个灵魂跳进淬火池
一把锋利的剑
一本季节的白皮书

那一夜

那一夜
我送天空一壶酒
醉了的那颗星
携一袭秋风
踏破了湖面
我拼接荡漾的碎月
调整夜的宽窄

那一夜
我拥抱一团漆黑
一层一层剥离
捉住一粒光
嵌入我的心思
漂浮的夜空
沉淀我的灵魂

那一夜
我屏蔽了星光
和所有路灯

用空间挤压空间
用寂静包裹寂静
夜的无处可逃
被我抓住了尾巴

夜改变不了颜色

故乡之恋

走进夜的柳岸
河畔的蛙吟顿挫抑扬
我把打了结的心思抛给流水
向远方，向我的故乡

故乡犹如不竭的山泉
心中有她就能止渴
我像远离的燕子
翅膀上的每根羽毛
都放飞着故乡的春天
儿时的我，总想腾云驾雾
把心中的秘密挂上月牙
直至今天，曾经的那些念想
像夜空的繁星
灿烂在我的梦里

故乡的月亮卧在天井上
故乡的星星会捉迷藏
旭日喷焰，夕阳滴血

即使在黄昏
也能看到天空的蓝云朵的白
我吝啬对故乡记忆的点点滴滴
只贪婪乡音乡愁
故乡之恋，像车的辙
越碾越深

心里的树

从三更里挖掘漆黑
如果夜空冒顶或者透水
不是事故，是故事

鸡鸣跑调的那一声
晨曦手忙脚乱，丢下了星星
朝霞跌了一跤，碰破了头

吞进漫天云彩
止不住梦境的干渴
而我心里的那棵树，只需一粒雨

除夕的念想

捧着除夕的暖日
作别隆冬最后的凛冽
心向着故乡的天空
和燕子竞飞

中国的年是回家的年
真想饮一杯故乡的酿酒
舀一瓢老井的水
真想牵一片故乡的云
舔一舔故土的雪

稻禾里的田螺，河床上的贝壳
湖水中的月，荷塘边的蛙
都是我的念想
也许那童年稚嫩的影子
在阳光里一点点增厚
也许捉迷藏的那些笑声
在草垛旁一遍遍回响
屋檐下的红辣椒不曾再挂

而舌尖上故乡的味道愈发浓烈
童年的脚印已被风雨冲刷
回家的那条路，在心底里越铺越宽

今年的年是梦里的年
梦里，太阳燃烧
一条河挂在十字架上

红辣椒

屋檐下挂着的红辣椒
拽着我旧年的记忆
一串串似火的红
串着故乡的云和月
串着田野的蛙鸣和蜓影
那是我所有的色彩

————儿时的我
总是躺在母亲的怀里
做一个没有辣椒的梦
而今，在繁华都市
我想找回那一串串红辣椒
再痛快地爆辣一回

红辣椒入味，入心
一串唠叨，一串叮咛
都是母亲调味的人生
辣出的糊涂
辣出的坚忍

辣出的死心塌地

红辣椒里的笑
红辣椒里的泪
都渗透在时间的刻度上了
我选择在黄昏的门口
把一串火辣塞进寒冬的黑夜

伙 伴

其实，你并不孤寂
太阳给你云朵、河流、森林
给你身体的影子
给你影子行走的姿势
还有那姿势的是与非
都是你心灵的密码

一朵寂寥的月色
唤醒你夜行的脚步
深浅与虚实自己心知肚明
至于茶余饭后
流星般的闲言碎语
即使长出犄角
也无济于事

你无须打点行囊
无须三五结伴
风雨和雷电是你的殿堂

你的沉默让旷野无疆
你失声的喉咙积攒火焰
燃烧了整个天空

我爱杨柳

杨柳不冬眠
怀抱整个冬季的寒冷
用霜雪孵化嫩叶
在蜡梅笑掉牙的那一瞬
把碧绿抹在春的脸上

我爱杨柳
爱她的柔韧
喜欢她拽着蜻蜓的姿势
我曾折断柳枝
编织提篮
捡回河里的石子
只想和着燕子的衔泥
砌一座瞭望塔
看夕阳如何送走黄昏

我爱杨柳的叶子
喜欢她伴着蝴蝶翩翩起舞
我曾采撷柳叶

轻轻含在嘴里
吹出魔幻的哨声
只想吹落天空的云彩
让故乡不再干旱

我爱井边的垂柳
喜欢她早早把春天唤醒
在夏日里摇落一只只天牛
送给我的童年
喜欢坐在那片柳荫下
饮着井泉
听喜鹊喳喳叫

我爱杨柳
把心思交给柳絮
只想用纷飞的方式
找回童年的我

发 根

风吹掉的那根头发
忧郁地飘摇
落在一条羊肠小道
被陌生的脚踩进泥里
即使这样，我的发根
依然在呼吸

倘若风吹落我所有的头发
只愿那些发丝飘进荷塘
在那里荡起一片涟漪
摇动莲茎
发根在藕节上发芽
伸进藕孔
而我更在乎，一粒水珠
从荷叶上弹跳
把池面砸一个坑
荡漾一圈圈无声的波

我看见荷塘的一笑

藏着些许忧郁

那水蜘蛛的徘徊

密织着丝网

曾经的蝌蚪不知道姓氏

排列不同的阵型

寻找着部落

时光握着无痛的剪刀

切掉它们的尾巴

我仿佛听见荷塘的蛙吟

三更的一声鸟鸣

衔走了我发根的梦

森林欢呼

晨曦张开翅膀

一群巨型的山鹰

叼走朝霞

啄碎天空的云朵

我曝晒烈日

一副黝黑的脸

孤烟弯弯曲曲

骄阳里的一朵浪花
笑傲着跃上了岸
融化在一块焦灼的石头
空气的闪烁
梦的帆影

总想握住梦里飘落的叶子
捧一把故乡的土
置一座盆景
那古井的味道
流淌鼻息，肺叶
眷恋着凹陷的湛蓝

雁阵鸣叫的声音
像我童年的口哨，穿过
老屋门槛的告诫
语言的茧蛹
长出诗的翅膀
我想飞，在大漠里
孤烟弯弯曲曲

寂　静

夕阳挂在窗口
晚霞滴落
羞涩的柳岸
河流灌醉黄昏
鸟语纷飞
覆盖了耳鸣
涟漪的乐，偷偷地

灯柱挺腰
倾斜的影子
孤单的心潜入夜幕
种一粒星星的梦
湖水披着初夏的月色
一汪洁波，一腔痴迷

风吟雨细
荡涤脚步的杂碎
脉搏匍匐，遁入空灵
听得见的血管

看不见的痛
心音恰如蛙鸣
又像蚯蚓在故乡的田野

往事织成一张巨网

站在黑色的门口，听着
白色喧嚣，执拗的心
砌筑一堵墙

马铃摇响的山路
心思遗落的溪边
脚印长出了树，叶子
留不住匆忙的季节
时光加速，倒空了我
只剩一滴糊涂

发酵的雨
撑破云的外壳，沿着
河流浑浊的记忆
寻找那颗失音的露珠

往事有血的味道
爬满了蜘蛛

阳光，我等你

隆冬裹着一身雾霾
拖着僵硬的尾巴
气喘吁吁
正午，天依然阴沉着脸
我蹲在凛冽的岸边
只盼天空刮来一阵风
泄漏一缕阳光

时间涂黑白昼
麻雀缄默不语
黄昏对我说："回家吧，
今天云彩太厚"

夜包围了湖面
露出我期许的眼睛
我盼着星星突围
送来那月亮的消息
真想敲碎漆黑的夜空
安一盏长明灯

天睁开了眼睛
我挽着晨曦的手
等待朝霞归来

从虹中穿过

在这混沌的日子
我想成为一个季节，衍生
一个阴天的缺口
一缕阳光的钝角
一堵透风的墙，或是
墙面上那个古老的笑窝
笑窝里的那一滴酒
那一条醉卧的疤痕

抓住风的尾巴
调整云彩的头
在森林里拾起树荫
给夏日一件披肩，而我
只留下一块手帕
向雪山扬起

从汗珠里找一个泉眼
把思想交给山溪
交给鹅卵石和鹰隼

眸子长出的羽毛
从虹中穿过
在没有时间的空间
孵化天空的天空

如果我是冰柱

开着的那扇门
似乎懂得你的犹豫
连屋内的灯光也忐忑着
不敢出门去握你的手
你徘徊的脚步足以让门槛抑郁
而我早已将心思织成了地毯

请送我一株蜡梅
只要那蓓蕾含着霜雪
哪怕枝头冷言讥语
我也将它插进梦的花瓶

其实，我期待你的声音
即便是谎言
只要用母语说话
哪怕夜里熄灭了蜡烛
我也知悉你眸子的密钥

大门依然开着

只有雪花徐徐走来
如果你要我成为冰柱
我不在屋檐下取悦星光
当太阳烤熟了天空
我会携手季节一同远行
即使走不进河流
我也愿做一股地下水
让你打一口井

夜改变不了颜色

野烟呛着了黄昏
熏黑了天空
麻雀咳个不停

风在清扫月夜
一片残叶东躲西藏
掉进了深井

一盏灯摇晃着村庄
寂冷的影子在脚下吭哧

门缝透过一丝寒光
夹带孤独的叹息
闭着的眼睛在看心口

油锅嘀嘀咕咕
筷子迟疑着
豆腐焦躁不安

祭品在供台上沉默
蜡烛泪流满面
一叠纸烧黑了自己

祈祷繁殖灰烬
涂抹另一个世界

屋外依然吹着北风
夜改变不了颜色

雪花包裹枯枝
似乎要孵出一条河

河里流淌冬的尸体
春在准备葬礼

心跳时刻

夕阳的余晖
穿过黄昏的走廊
嵌入漆黑的夜
诗的眼睛
看见一片星空

夜幕包裹的河流
心从漩涡中跳出
随波涛迁徙
每一处的湍急
都有爱的痴迷
春末的一江清水
不再有雪山的冷峭

爬行岸边的蟹
留不住浪花的脚步
风打开的抹布
擦拭记忆的锈斑

浑浊的血液
在记忆的桨叶上翻滚
我在梦里失眠

折回的目光

目光透过窗户
从山壁弹回
折射在眸子里
长出两只翅膀

白雾惺忪
雀鸟唠叨个不停
仿佛是在叮嘱云彩
别打湿阳光

森林徘徊
楼梯拽住影子
时间开始瘦身
用颜色计算距离

天空在撤离
羽毛飘落大海
锚钩抓住地平线
梦依然漂泊

眼睛的呼吸

一缕炊烟拽住穹苍
遇不见一只风筝
影子把往事塞进腰包

季节忘却了变换的密码
徘徊在岁月的门口
紧闭的那张嘴，借手语问路

用眼睛呼吸阳光
扶着半醉的心，向内突围
一朵火焰，烧出一堆堆天空

晃动的身影

你向远方走
离我却越来越近
莫把累了的心思托付椰林

请你抓一把海风
挑出沉默的沙
揉进我呆滞的眼睛

眸子里除了月光
只剩你的晃动
你的身影摇晕了海

错 位

假如太阳走进夜晚
假如老鼠站立行走
假如羊嘴里长出虎牙
假如初一的月亮和十五一样

我要点燃雪花
烧烤冬云
拉着瀑布的手
用雾霭砌一堵墙
榨干时间的油
从冰柱里渗出思想

思想的眼睛瞭望大海
鲨鱼的脊背
带血的牙齿在舞蹈
海燕啄碎的风暴
铺成金色沙滩
贝壳的梦
被星星捡走

回家过年

回家过年
再长的路也不远
心燃烧着亲情
一路滚烫

我爱故乡的天空
父亲睁大的眼睛
总能送我一朵祥云
我爱老屋的灶台
舌尖的卷舒
只和母亲的灵魂诉说
我爱屋前树上的雀巢
那叽叽喳喳
数落我童年的顽皮
脚上粘连的泥土
找回了我的乡音
浓雾拥抱着村庄
犹如一首朦胧的诗
太阳在诠释

小鸟轻声吟唱
朗诵着拜年的脚步
祝福在路上漫延

血脉流淌大地
犹如剪不断的阳光
揉不碎的月色
回家过年
我一生的眷恋

复　制

母亲逝世已二十周年。在她病重期间，我在他
乡，没能尽孝。在她弥留之际，我亦在他乡，没能
送终。父亲去世时，我仍在他乡，没有尽孝送终。
此生甚是遗憾，谨以诗为悔。

渐深渐长的鱼尾纹
依然拽着童年的记忆
老屋的模样
常常被梦复制
第一次离乡的那个回眸
把母亲的泪花收藏
也常在梦里打开

今夜若是有梦
我要复制一道河堤
让柳枝吐出碧绿
摇曳童年的春天
我要复制一块土地
帮父亲握住犁把

替母亲挥动镰刀

我还想复制父亲的扁担
挑在我的肩上
复制母亲的菜篮子
提在我的手里
再复制一盏油灯
把老屋照得透亮
让父亲编织草鞋不再摸黑
让母亲缝补衣衫不再刺破指头

我想复制老屋的那张旧床
在床头拉着父母的手
听他们诉说往事
哪怕唠叨
即便是埋怨
我都微笑着点头
在父母生病的日子
我给他们喂药，端茶送水
当父母弥留的时候
我多喊几声爹娘
就不会走得那么匆忙

山 雨

一垛云厌倦了天空
捂住夕阳的眼睛
潜入顾渚山的傍晚
悄悄地撤离
藏进初冬的鸟溪
一朵浪花摇荡太湖
拥抱桅杆的笑

我与时间垂直

夏夜的天空
像凝固的大海
我与时间垂直

星辰闪烁
仿佛是天体的暗语
我和星星的对眸
凝结一粒沉默的光
放大了瞳孔的那颗星
瞬间滑落
我空灵的心
被星光举起，又被月光封锁
一片淡云掠过
给朦胧的夜注脚

梦幻的沟壑
往事生锈
会飞的笑金鸡独立

与冬的牵手

季节交替也吵吵闹闹
一片雪加重了田野的清冷
风从远方捎来的问候
没有能够御寒的围巾
音乐飞不起来
在窗口僵硬着脖子

与冬的牵手
我掌心的温度不受影响
比太阳的吻更热烈
手印比唇印可靠
时间在每一个季节重生
每一天都是新生活

我想掏空时间的争吵
留一帘幽梦拨动的钟摆
从冬牵手春、夏、秋
在手上涂一幅黑白的画
一朵眼睛看不到的微笑
一粒似火的泪

冬 夜

用手掌触摸世界
用指纹做季节的拓片
冬天迟缓的脚步踩僵的夜
三更有谁来保暖？

寒星迷人
一片月光封锁了窗口
寂静里的寂静
安抚那颗躁动的心

漆黑的角落
一双痴迷的眼睛
看远方泛起的鱼肚白
一首诗里跳出黎明

高 秋

秋风的刀剪挥过
落叶纷纷，花白的树荫
增添了庭院的寂凉
寒意从窗缝钻进
向我讨一件风衣

十月的天，薄了
瘦云掉下的影子也薄
大雁抒写天空的方向
翅膀的语言
我眼里最美的诗

皱纹在集中打盹
梦见日子在出售年龄
高秋的蜜蜂
欠我一院子的菊

中秋夜

中秋吃月饼
月亮没了

路灯挺身而出
影子跟着影子
屏蔽了风

半醉的后花园
蟋蟀不知去向
一朵玫瑰湿了夜

一双眼睛掀开雨帘
三五颗星星
七八张嘴

夜的行走

已至傍晚，一颗水珠
依然趴在荷叶上
要看穿黄昏

我想看穿水珠
看它怎么走进夜晚
怎么吸吮月光
怎么与星星对眸
又怎么入眠

一声蛙鸣，我看到
水珠跌入湖底

夜走得很慢
看不见行走的姿势
循着时间的脚步，在五更
鸡打了一个呵欠
喊醒了天

一个褪色的日子
潜进了中秋
打开季节的栅栏
熟悉的叶子
陌生的风

我坐在时间的背面
琢磨时间
被反复折腾的梦话
成了诗

增生的季节

一座坟茔的告白
跌跌撞撞
落入时间的染缸
颜色的抽搐
扭曲了风

季节增生
云朵口吃
虹结结巴巴长出骨刺
椰林行走的沙滩
虫的谎言裸露

眸子里一片汪洋
太阳触摸的海天
不止孤帆的远影
无尽的波涛
拍岸有雷霆

出 伏

草丛里
我听到朝露自语
像是星星滴落的泪
又像月光泼洒的惆怅
缄默的沙子
握住草根的执着
满怀希冀

我似乎看到了大海
那无言的贝壳
摇荡的潮汐
起伏的波涛
摸不着的咸淡
只需要一米阳光
就照亮了我

我在空灵中空灵
夜行如果有雨
也留下自己的足迹

即使风撑开巨大的雨伞
也接不住一粒雨点
只要你温柔一些
别吵醒了我

夏 夜

又一个夏夜
青蛙拨弄夜的弦丝
失眠的树不停地翻动叶片
是谁踩空了舞步？

趴满星空的碎云
舔着烦闷的夏月
音乐的世界在飞雪
梦里结的冰凌，悬挂在
三更的大门

蛙鸣停歇处
有雄鸡吹响小号
天边晨曦举起一把扫帚
清扫呓语和垃圾
诗还是在老地方
自由呼吸

小　雪

冬风伸出冰凉的手
摘下银杏的叶子
只为镶嵌一个金黄的日子

这个季节迈着僵硬的脚步
在凄婉的鸟鸣中喘息
喊出雪花的乳名

我拾起微笑的那片落叶
贴紧烫热的胸膛
给发烧的身子降温

小 寒

寒冷极致

僵硬了星空

大雁编织着梦

幻化成一片北方的沃土

即使漫天萧瑟

翅膀也萌动春意

喜鹊筑巢

囤积隆冬的阳光

孕育新的生命

叽叽喳喳

叫醒了冻土

若　是

若是一缕阳光溜进夜晚
刺破了湖中的月亮
若是时间里渗进了水
一天膨胀成三十六小时
若是影子流出了眼泪
梦咬断了舌头
若是蚊子学会了针灸
蚂蟥学会了按摩
若是狼披着羊皮
闯进了羊窝
若是石子飞了起来
扑向乌鸦，击中了喜鹊

春天的梦

梦里燕子回到了老家
衔泥和着我的思念
老井欲言又止

故乡的田野爱在发芽
一丝春风掀开了冰霜

脚步走出灰烬
声音在嘈杂中沙哑
寻觅着配乐

阴冷透过皮肤
穿入心跳的节奏
一股青烟从胸口冒出

心脏飘浮
云朵摇晃身子
抖落了雨点

爱搭上梯子
攀越碧空

第四辑

时间切割的海岸

时间切割的海岸

船在光阴的缝隙里
乘风破浪
海鸥带回春天的许诺
被风吹成谎言
云是一片灰暗的枯叶
企图遮天

夕阳遗漏的那道光芒
潜入深渊的海底
夜的航线遥遥无期
一盏孤独的灯塔
举起了月亮

礁石沉默
海上看不见波涛
只有蓝色的血在汹涌
时间切割的海岸
沙滩是大海燃烧的灰烬

城市的早春

城市迈着沉重的脚步
肺叶不需透视

阴郁的天空犹如一只手
掐住机场的脖子

街道不停地唠叨
大楼捂着耳朵
灯光在加班

骑车睁大眼睛
斑马线叫停了傲慢
人影怒发

灰色涂抹苍穹
鹰翔低空
远山抛洒的冰水
呻吟着匍匐

游艇蜷缩在岸边

春雨把脉
疗治城池的惆怅

大 寒

日子不知疲倦

把月亮走缺

又把月亮走圆

走上最后的驿道

天空使出浑身解数

囤积所剩霜雪

向太阳兜售凛冽

蜡梅付诸一笑

打包悬崖冰的碎骨

草根在灰烬里萌发

编织牧羊的鞭子

赶着一江寒流

春的码头

帆在集结

元 旦

时间二十三点五十九分
目光聚焦岁末剩下的六十秒
人在读秒，秒在读人

黑色手套为新年第一秒接生
一双新鞋踩响了楼梯
朗诵陈年的警句

雪花携时间下沉
天空满脸堆笑
蜡梅暗香浮动

冬 至

太阳在地平线上玩耍
耽误了和黎明约会
索性压缩白昼
给黑夜多一点时间辩解

在数九的第一夜
邀约圆月走进梦的冻土
跳一曲冰上芭蕾
构一幅春的图

不必鼓瑟吹笙
拾起阳光落下的词语
用炭火燃烧
吟一首滚烫的诗，贺冬

时 间

时间没有脚疾
迈着匀速的步子
不落下一分一秒
不在岔路口徘徊
从不回头

时间能穿过针眼
能蹚过大海
不流连白昼
不嫌弃黑夜
阴雨或是晴朗
保持着同一个表情

时间摘掉叶子
摇坠果实
脱落了羽毛
在无声的光影里
给生与死涂上不同的颜色
不奢侈

不吝啬

时间没有裂口
柔软得像一块海绵
吸附万事万物
如同分离器
把洁净与污浊
珍贵与垃圾
分得一清二楚

大 雪

夜用僵硬的手
封冻着湖泊
月亮滑动冰的世界
把洁白的语言挂上枝头

在一个寂凉的暗处
鸟的哀鸣惊动了三更
换一床羽绒被
梦中的泪滴在雀巢

弯月掀开被子

涂上黎明的颜色
与启明星惜别
小鸟啄着晨曦的背
啄出一丝丝阳光

歌喉弹跳在倒影上
羞臊了朝霞
晨风擦干一片片黄叶
收获冰冷的笑

环城河放缓脚步
轻轻驱赶鱼儿
白鹭睁大犀利的眼
坚硬的嘴划破水面

没有风筝的天空
鹰僵硬了翅膀

云彩收藏冷酷

孤独地飘移

弯月掀开被子
勾住天空的魂
气流裹着星光
抛开机翼

是什么声音吵醒了夜

夜 幕

举起一根火把
把夜幕烧一个洞
让黑色流尽

把星星和月亮调成颜料
为夜幕画上两道剑眉
让梦睁大眼睛

用流星制作一把剪刀
把夜幕裁成两块
一块擦天空，一块擦大地

思想的呼吸

思想的呼吸
调整着失衡的昼夜
一个炙热的灵魂
淬火于零下的快乐
风和雨的鼓掌
亮开了一侧天空
傍晚舞起的彩虹
迷失了黄昏

天真无邪的月光
拽住一个蠕动的影子
口吃般的脚步
朗诵着银色的诗
声音的踪迹，接近了嘴唇
夏夜收割着梦
或许世界的对岸在燃烧
火把不需要海拔

出 走

音乐迁徙
灵魂的脚步
误入一片荒野
墓碑已高度近视
磷火修改了夜的颜色
眉毛的燃烧
溢出冰凌
一束碧绿的光
拨动星空

诗漫游春天
脉搏跳动在森林深处
把往日的承诺对鸟儿重复
羽毛蜕变成枝叶
腐殖层让秘密发酵
风屏住呼吸
一朵青云掉落

孤独的小舟

漂泊江河

失忆的桨叶

叫不出风的名字

港湾结巴了浪的声音

码头想起往事

把钥匙交给月亮

一壶老酒醉了波涛

晕了的船舶

吐出蓝色的梦

需 要

徘徊的心
在门把上跳动
我犹豫
是否走出

屋内的一切都习惯了我
椅子知道我骨头的斤两
窗户知道我视力的远近
就连灯光也了解我的癖好
不闻鸡鸣不闭目
即使那沉默的墙壁
也知道我影子的厚薄

所以
我需要跨过门槛
用阳光曝晒头颅
用森林洗净肺叶
把云彩推出眼帘

我需要一匹无缰的马
踏响我寂寥的胸膛
还需要一抹夕阳
将晚霞扎成玫瑰
或许我只需要一支清泉
从心脏穿过

其实
我最需要故乡的夜
在那里看星星趴在树梢
月亮潜入荷塘
听那门前的狗吠
池边的蛙鸣
在巷子里
捉一次童年的迷藏

细微的变化

镜子里的眼睛
越来越陌生
我似乎已经不是我

曾经的我
心如大地和天空一样辽阔
而今，我的心犹如犁铧
只耕耘一片田野
即使偶尔呼唤风雨
也只是一点点脉动

我会成为路上的泥土
让他人的行走
留下一串清晰的脚印
也许我会成为一滴露珠
浸润一棵小草
即便被阳光蒸发
也会回到湖泊

我是风中的杨柳
夏日里的稻禾
我不是山上的松
也不是海滩的贝壳
我的眸子可以穿过我的脉搏
看得见血色的大河

我走在街面的脚步
被夕阳拉长了影子
黄昏的窗口
有一轮弯月升起
上面挂了我的一首歌

假 如

假如把冬切割成冰块
为夏天砌一堵墙

假如把云套上绳索
拴在干旱的村庄

假如水从低处向高处流
让山峰长满珊瑚

假如天上没有星星和月亮
让夜幕黑得更纯粹

假如把时间凝固在一个梦里
让太阳迟到十二小时

假如人有来生
让我在街头摆一个擦鞋的摊位

重 复

天空变换金星的颜色
重复着黎明和黄昏
在苍茫里放飞一坨坨云
用风丝划亮闪电
用雨点引爆雷霆

大地在四季里起伏
重复着炎凉冷暖
复制人的脚步和兽的蹄印
听一片虫鸣和一池蛙叫
挥着弯弯的长鞭
赶着江河行走
重复波涛的笑和浪花的乐
用阳光晒黑影子
让云彩为田野包扎伤口

人生重复相似的甜和异样的苦
复制日子的清淡浑浊
把不同的生交给一样的死

在不同舞台重复相同的戏
在相同戏里重复不同的角色

我重复笔杆的姿势
复制诗的眸子
用萤火虫去补充星空

调试涛声

孤独的舟楫
漂泊在冬季的海
浪花里的一首歌
在桅杆上跑了调
我敲击蓝色的波浪
学着海燕的鸣叫
调试涛声

月光从鲸背上滑落
碎裂在黑色波面
帆樯躁动
灯语吞吞吐吐
海风口吃
整夜没说完一句话

港湾眺望
一朵白云笑着
距离一步步缩短
颜色在上升

风横着走
浪头拥抱岸头
沙滩流着泪
礁石哽咽
海藻七零八落
贝壳在爬行

把皮肤交给夕阳
张贴在岛礁的尽头
在大海的语言里
我只听懂了风暴
梦里的海洋有一个洞
鲨鱼掉光了牙齿

浅滩浮游
不曾忘却呛着的那口苦涩
我想训练海豚
海豚训练着我

孤独的颜色

孤独是一条爬行着的变色龙
扒上迁徙中失散的一匹斑马

孤独像蚕蛾吐在桑叶上的丝
在一缕春风中的月光里

孤独摇曳岸边的杨柳枝
吞咽着湖中的倒影

所有季节都有孤独的气候
那气候变换着孤独的温度

孤独是孤独者的财产
不商量，不买卖

孤独就在不孤独的隔壁
不要推倒那堵墙

孤独犹如转经筒上的那只手

又如同一条鞭子被岁月磨损

心被一垛黑云砸中
孤独在河流中漂浮

当雨帆在峰峦上空张扬
那孤独勒马长啸

孤独在第五季裂变成蛹
蛹在风雨中转基因
抽出彩虹的丝，编织翅膀

作别最后的冷酷

冬举起干裂的手
向我作别最后的冷酷
积雪悄悄撤离
而我正想铺一个冰场
让春滑动而来

冰柱流淌
填充我思绪的空白
一股清泉如梦中河流
带着晨曦的鸟语
啼啭山野

松针覆盖着岗坡
我踩碎霜晨拾取松果
为心灵的峰峦筹划森林
也许山鹰早有预知
用翅膀标定未来的领地

曙光托起一片朝霞

送进我迟疑的眼帘
或许一件袈裟丢失天空
云彩正在拍卖
太阳一锤定音

驰目远去的云朵
总想捕捉它的腿脚
哪怕是一串飘浮的脚印
穹苍如此之大
不见一座城池

别怕老

岁月敞开大门
将你请进
又把你送走
无论是否愿意
都会拽着你老去
从生到死

不嫌弃任何人
也不挽留任何人
只要你看过日出听过风声
在月下数过星星
岁月就会将你折旧
直到归零

即使你年少云淡风轻
青年得志，中年如日中天
即使你摔过跤，碰过头
错过晴空，怀才不遇
所有的人生轨迹

生死是天道，无人能回避

纵然脸上爬满皱纹
眼花看不清星星
耳聋听不见细雨
仍然需要保持满面从容
正视老的资格
就老得体面
老得纯粹

如果你心生恐惧
它就一脸狰狞
如果你随遇而安
它就心平气和
人间苦乐就是一壶茶
茶针沉浮如道路的宽窄
桥的高低，海潮的起落

淡然面对真假和虚实
名利得失过眼云烟
不想看就不看
不愿听就不听

把是是非非交给年轮
在摇椅上举起一朵玫瑰
给黄昏一个惊喜
给儿孙留下爱的指纹

扶起不慎跌倒的影子

瞌睡虫午夜繁殖
困倦犹如一剂迷药
在三更失效

文字在眼泪里舞蹈
跳进一个没有音乐的世界
扶起不慎跌倒的影子

窗门向外探头
凛冬的风挤爆呼吸空间
踩伤了疲惫的灯光

寒月裹挟星光
城市枕着一片寂凉
像一条冬眠的蛇

迷恋终于冷冻了心中的疙瘩
梦幻已把大门锁住
所有的痴狂都在寻找钥匙

送流星一把钥匙

如果能用身体温暖夜晚
我只想孵出光明
如果鸟儿能够衔住朝霞
我不会让它飞向傍晚

拾起残阳的一缕
挂在我的眼帘
凝望那弯月的天涯
当大海的夜流向蓝色尽头
我站在礁石
懂得了潮汐的硬度
当桅杆踏着浪涛的脊背
我从海燕的鸣音里
听得见帆的呼吸

或许海底也有一个天
也有自己的太阳和月亮
倘若大海有梦

我会剪裁万顷波澜

送流星一件风衣

在口袋里放一把钥匙

天空每天都是新的

总想听见春天的第一声蛙鸣

总想嗅到隆冬的第一朵梅香

在季节交替的路口

时间如此倔犟

空间如此宽容

曾经留下指纹的那些日子

抚平身后杂碎的脚印

未来的光阴

镶嵌着新的期许

我走进陌生的城堡

衰落的墙面

浸透着灯光的汗渍

挂钟老态龙钟

干瘪的时针

重复着枯燥的转动

心如同钟摆

跳不出生命钳制的肉体

当心潮澎湃的那一瞬

一个披甲的灵魂

踏响了云朵

天空每天都是新的

海的姿势
——纪念海子辞世三十周年

海的潮汐
送走太阳的炙热
作别月亮的清辉
海的眼睛
是黑夜里唯一的光明

一个女人面朝大海
海枯石烂
一个男人面朝大海
春暖花开

海燕穿过盐雾
长出海的翅膀
海拔在心里冉冉升起
只有把自己放低
才看得见彩虹

效　仿

冬风奔走一夜
累趴在黎明
裹着朝霞睡去

扶着冰凉的栏杆
我目送消瘦的溪流
血液向脚底涌动

一只鸟在石礅上独秀
俨然是舞台模特的冷酷
我仿佛明白了效仿

燃　烧

我曾想点燃村庄的影子

从瓦上的雪花

稻田的雨点

和草丛的晨露中

迸溅一粒粒火星

我也曾想点燃校园的朗读

燎热那教室里的黑板

老师手中的粉笔

和图书馆的书架

我还曾想点燃城市的喧嚣

让工地的塔吊

公园上空的风筝

和无线电发射台

都举起一根根火把

就连高原的云朵

经幡的音节

马的嘶叫和牦牛的哞

我也想把它们点燃

燃烧我的气息、骨骼和血管

燃烧成我的梦幻

残留我以外的我

和我记忆以外的记忆

在灰烬中，我还想

点燃已凝固的忘却

把忘却的忘却再次燃烧

将昨天烧成今天

今天烧成明天

明天的明天的燃烧

漫延未来的未来

那燃烧时遗落的尘灰

遇风扬起

靠近穹苍的眼睛

比　对

灵魂附着夜的躯体，梦
筑起会飞的巢
太阳最温情的时刻，不在早晨

抓一把生锈的风
擦拭心口的尘灰。正午
阳光捆不住影子

一片瓦块云，在白昼
被烦躁点燃
心与冰山交融，潮湿了期待

是 非

晚霞走漏了风声
黄昏藏在月光里
山雨欲来，找不到落点

已经关闭记忆的窗口
梦从水上走过
有些话被卷进了漩涡

音乐被风吹得七零八落
谎言长成茂密的森林
狡诈潜伏在夜的深处

一天的拾掇

一个黑色音符
在山脚布下残局
风在泄密

脚步无声
采撷一片晨曦

抓一把朝霞
扎一朵向日葵
影子在蒸发

这里，春寒在挣扎
冰在正午碎裂
漂浮着一片鸟鸣声

爱在春天里蠕动
犁走向田间
一只冬眠的蛙

一群扭腰的人
用晚霞敷贴脸部斑点
镜子里岁月在笑

一堵孤单的墙
窗口塞满了寂寞
思想蜷缩在灯光下

会议室溢出思索
麦克风伸长了脖子
一双难言的眼睛

牛仔裤在鸡鸣里舞蹈
酒吧叫卖着时间
醉汉用胃支付

夜幕脱落着颜色
梦掉进了星空

扁平的日子

你有海一样的舌头
吞吐一片天空
曾经的刚直被岁月挤压
压缩了的白昼和黑夜
日子扁平了，没有朝暮

往事潮湿，记忆生苔
脱皮的诺言钙化成树
眼底长出了珊瑚
模糊的视线
缝合着人生的裂隙

一丝光阴在爬行
怀抱一个未圆的梦
受孕新的光点
远方的黑色角落
一道闪电分娩

动荡的海继续动荡

呼啸的天继续呼啸
你能够心静如水
垂下眼帘

光 阴

一

太阳给了我们光明
有的人却紧闭着眼睛
有的人睁大眸子，却什么也没看见

二

点一支蜡烛
拓下影子的伤痕
嵌入青铜色的墓志铭

放飞信鸽
一支箭在飞
叼走了干净的文字

三

心在嘴唇上颤抖

不是恐惧跌落
而是害怕摔伤了仅剩的那句话

四

谎言从脚下溜走
潜入一片沙滩
浪花卷起的结结巴巴
在礁石上扎起黑色的结
潮汐依旧，涛声跑了调

五

炊烟不止对生者
另一个世界的人也有口味
或许他们爱好开水白菜
无须添油加醋

六

鸟的更衣室很大
一个季节的天空

思想的更衣室很小
一个人的大脑

七

不要害怕噩梦
只要能醒来
你依然会看见太阳

八

眼眶拦得住泪水的人
最懂眼泪蕴含的色彩

九

把命运的苗子种在心上
用真理滋润
用光明守护

十

姓名的重量在姓名以外
有的人，即使占尽了阳光
心里也是一团漆黑

知 音

一

落叶纷飞
把你带入寒冬
你打扫门庭
除却瓦上的尘灰

你腾出所有心思
装下冬季的第一场雪

二

你剥开一片冬风
探索着飞雪的姓氏

冷凝的世界
一团跳动的火

你用赤裸的身子靠拢寒夜

清晰冬的边缘

三

大街懒懒散散
席地而坐的乞丐一边张望，一边吆喝
把一枚硬币抛向空中

你没有赌注
彷徨在银杏树下
终于，你懂得
用脚步求教大地

四

是的，伪命题在泛滥
你的眸子聚焦成斑
枯槁的词语成为标本
过时的契约爬出一堆蝼蚁

你把井绳拴系身上
走进音乐的深潭

五

也许你是大漠的过客
生活在骆驼的背脊
那个傍晚扬起的那捧沙粒
刺痛了天空的眼睛

一朵想哭就哭的云彩
在月光里笑

你干渴的目光
澎湃心中的那条河
嚅动的嘴唇
爬满了青苔

六

其实，你似乎更像失恋者
受伤的翅膀滴着绿色的血
而你的那一份期待
依然托着至爱的羽毛
顽固地飞翔

眉宇间的那把锁
有一道星光能够打开
你用闪烁的希冀
填充着空白的空白

七

你的手指是蝴蝶的知音
打着一个红色的结
这个唯一的眷顾
透支着你

你以耕耘的姿势出场
驮着二十四个节气
完成了每个日出的许诺

八

你追溯星星的源头
把理由放进酒窖
重复的醉
不重复的清醒

你用舌头复制蝉鸣

教大海歌唱

一朵欢笑的浪花

趴在礁石上哭

九

你拥抱黑夜

分割自己的梦

伸出粘满泥沙的手掌

等待落单的候鸟

你牵着月牙

目送一叶扁舟

孤灯下

影子成为不可替代的知己

十

爬行的世界

太阳戴上了墨镜

你用童年的方式
把歌谣连根拔起

冰成为火
燃烧成为雪

你把嘴唇贴近天的耳朵
有一个人在打喷嚏

一颗新梦

在午夜的走廊
剔除时间的毛刺
心思从分秒间滑过
贴近黑色的空虚
一根鼓槌，酩酊
找不着空间的落点

曲子挤出遗忘的喧嚣，旧日
举起一页老黄历
在朦胧的枝头发芽

或许宇宙也在衰老
萎缩成一句无声的尖叫
我想找回过期的细胞
种进天体的眼睛
一颗新梦，穿过
睡和醒的缝隙
露出一张稚嫩的脸

云彩撒野
折断了翅膀，晨曦
听懂了星星的叮咛
卷起漆黑的夜

手　势

你是语言的补充
把心底的那句话掏给眼睛
你划着一根火柴
点燃那萧索的旷野，屯聚灰烬
你抛下一只锚
拉住沉降的海，摇醒太阳
你举起一根火把
守住整个夜空，让梦静静地做
你掀开笼罩的云彩
让上苍睁开眼睛，看谁在偷食日头